© *2018*
Réalisation: La Méridienne du Monde Rural
Directrice de la publication : Anne de Tyssandier d'Escous
Auteurs des textes : collectif d'auteurs

Illustration de 1ère page de couverture :
Dessin de Christophe Farragut (Chris le Farfadet)

Association LA MERIDIENNE DU MONDE RURAL
Siège social : 19110 Bort-les-Orgues
Adresse de gestion :
93 rue Jules Ferry -19110 BORT-LES-ORGUES
www.lameridiennedumonderural.fr

imprimé par lulu.com,
en impression numérique à la date de la commande
Lulu Press, Inc, Raleigh, N.C., Etats Unis

ISBN : 979-10-90416-29-1
Dépôt légal: mai 2018

RECUEIL

ANCIEN COMTÉ DE FOIX

NOUVELLES

LA MERIDIENNE DU MONDE RURAL

SOMMAIRE

PREFACE

Les textes publiés dans ce recueil ont été primés dans le cadre de concours des Jeux Floraux des Pyrénées ou de précédents concours de l'Institut du Comté de Foix. Ils ont été publiés dans des recueils avec d'autres textes primés.

Cependant, ces récits d'inspiration médiévale concernant tous l'ancien comté de Foix, ou ayant un lien avec lui, il a été décidé de les regrouper dans le présent recueil.

Pour l'historien Jacques Le Goff « Le Moyen Âge a été une période essentielle pour la formation de notre société et de notre culture, peut-être même la plus importante » (Jacques Le Goff / Nicolas Truong - Le Monde de l'éducation - Mai 2000).

Merci aux auteurs de nous avoir, dans les textes de ce recueil, rappelé cette époque.

Anne de Tyssandier d'Escous
Présidente de l'Institut du Comté de Foix
Présidente de La Méridienne du Monde Rural

Notre terre d'Oc

*Prise du Fort à Pamiers
par Simon de Montfort*

par Arlette Homs

C'est en pays cathare que des lieux de mystère,
Gémissent en secret sous le poids des serments,
Et sans trahir leur foi, parfois en solitaires
Des hommes ont vécu de terribles moments.

Mais de cette épopée, il faut faire renaître,
Les cendres des bûchers, et répéter souvent,
Ce que fut la douleur des âmes et des êtres
Qui quittaient en priant le monde des vivants.

Il restera toujours gravé dans nos mémoires,
Tant dans l'Occitanie que tout le Languedoc,
De douloureuses pages ou s'inscrivit l'Histoire
Barbares tragédies en notre terre d'Oc.

Nous sommes en mars 1211, Raymond-Roger de Foix fait répandre le bruit qu'il a écrasé les troupes de Simon de Monfort et que les croisés sont en fuite. Cette fausse nouvelle lui permet de récupérer de nombreuses villes et châteaux dans le Comté de Foix dont Pamiers ainsi que le Fort près de cette ville. Mais tout le monde sait que Simon de Montfort ne s'avoue jamais vaincu et qu'il va revenir.

Notre Midi suscite bien des convoitises. Le comté de Toulouse en particulier est riche à bien des égards. Matériellement par la fertilité du sol, un commerce ouvrant sur le bassin méditerranéen, un artisanat créatif et diversifié. Riche de par sa culture : la langue d'Oc a remplacé le latin comme langue littéraire, ses troubadours chantent, de *Cour d'Amour* en *Cour d'Amour*, l'amour courtois. Aussi les barons du Nord en sont jaloux et cherchent un moyen pour s'y implanter. Ils font appel à un petit seigneur de la vallée de Chevreuse, Simon de Montfort, en lui demandant de diriger une croisade contre les albigeois et les cathares en particulier.

Mais qui était Simon de Montfort ? Le hasard a fait naître Simon et Philippe Auguste presque en même temps. Philippe recevra la couronne de France, Simon devra se contenter d'un patrimoine plus modeste. Remarqué pour sa grande bravoure et son sens tactique lors d'une croisade en Terre Sainte, il devient le second de l'abbé de Cîteaux dès lors qu'une croisade va fondre sur le comté de Toulouse. Il en devient le chef suprême.

Pendant que Philippe Auguste "faisait la France" à sa façon, un certain nombre de ses vassaux, placés sous l'égide de l'église catholique, la faisaient à leur manière dans les terres languedociennes. Pierre des Vaux de Cernay dans son "Histoire des Albigeois" écrit que "Simon de Montfort arriva en 1211 avec ses hommes près d'un Fort non loin de Pamiers et qu'il le trouva prêt à se défendre".

******

A Pamiers, Esclarmonde est tenue au courant de ce qui se passe dans le comté de Foix. Elle décide d'aller avertir les habitants du Fort qu'un assaut va avoir lieu, et elle part dès le petit matin. Esclarmonde cravache son cheval lancé dans une course folle. Bien cramponnée à la crinière brune, son buste penché à l'horizontale, elle file à vive allure vers le Fort. Tout à coup son cheval trébuche et Esclarmonde tombe au milieu des buis. Sa monture roule à terre avant de se relever avec un long hennissement. Esclarmonde remonte en selle, elle n'a qu'une idée en tête, arriver le plus vite possible au Fort. Le voilà qui se profile à l'horizon.

Le Fort comporte une seule tour carrée. Près des angles du bâtiment, des meurtrières obliques sont situées à hauteur d'homme. Il y a seulement deux portes d'entrée, celle du bâtiment lui-même et celle de la tour. Ce n'est pas un grand château, mais il a un caractère défensif qui permet d'accueillir des hommes et des femmes persécutés parce qu'ils sont adeptes d'un nouveau mouvement chrétien : le catharisme (cathare signifiant "pur"). Simon de Montfort pense que le Fort est facile à prendre parce qu'il est peu important. Mais il se trompe.

Esclarmonde est reçue dans la grande salle du rez-de-chaussée où se trouvent regroupés des hommes, des femmes, des enfants et six chevaliers du comte de Foix. Très inquiets, ils l'interrogent :

- Quelles sont les dernières nouvelles ?

- Simon de Montfort s'apprête à attaquer le Fort demain. Il faut vous y préparer rapidement. Il arrivera sans doute avec peu d'hommes armés, car il est certain que son intervention sera rapidement réussie. Nous allons donc tout mettre en œuvre pour résister le plus longtemps possible. Nous lui montrerons ainsi qu'il peut ne pas être toujours vainqueur.

Esclarmonde leur explique comment Simon de Montfort assiège les châteaux de la région. Il a déjà pris Carcassonne, Minerve, Thermes, Lastours, en faisant le siège devant l'entrée, empêchant les vivres et les armes de parvenir aux assiégés. Même si ceux-ci ont eu le temps d'entreposer de grandes quantités de nourriture et d'armes, Simon de Montfort n'est pas pressé. Il attend, avant de donner l'assaut, que la famine, l'épuisement et le désespoir se fassent sentir. Alors, il donne l'attaque finale qui est brutale et sans pitié.

Les occupants du Fort sont troublés par cette narration, et ils sont angoissés. Esclarmonde essaye de les rassurer du mieux qu'elle peut quant à la défense du Fort. Elle commence à placer les six chevaliers près des ouvertures avec leurs armes, arcs, haches, masses, arbalètes. Elle leur dit de mettre leur heaume sur la tête et de se tenir prêts à tirer. Puis elle demande aux quelques autres hommes présents de se poster derrière eux, pour les aider au mieux, en leur faisant passer armes et flèches. Les femmes sont réunies au premier étage avec consigne de s'occuper des vivres. Les enfants sont regroupés dans une autre salle avec interdiction de parler et de bouger de là, enveloppés dans des draps de bure et des peaux de moutons afin de se protéger du froid qui est vif en ce mois de mars.

L'attente n'est pas longue. Dès le petit matin encore obscur de ce jour de mars 1211, Simon de Montfort arrive sur son cheval, en conquérant sûr de lui, avec une troupe d'une vingtaine de chevaliers vêtus de cottes de mailles et casqués de heaumes. Il les dispose stratégiquement autour du Fort et le siège commence.

En fin de matinée, après quatre heures d'attente, Simon de Montfort commence à s'impatienter car rien ne se passe. Tout est tranquille dans le Fort. Esclarmonde a donné l'ordre de ne pas bouger avant que Simon de Montfort se manifeste. Tout à coup, on voit s'abattre sur les murs du Fort, en plus d'une pluie de flèches, des pierres lancées avec des lance-pierres.

Simon de Montfort s'avance même devant l'entrée et crie avec force aux occupants de se rendre. Mais, personne ne répond. Fou de rage, il revient vers ses hommes et, peu après, leur donne l'ordre de se retirer. Cette résistance était imprévue pour Simon de Montfort, lui si fier de ses conquêtes.

Le lendemain, de bonne heure, un assaut brutal est donné par les hommes d'armes de Simon de Montfort revenu en conquérant et non en perdant comme la veille. Il a davantage d'armement, afin d'impressionner les occupants du Fort, et une troupe d'hommes deux fois plus importante. L'attaque dure toute la journée. Sans répit, les flèches et les pierres frappent les murailles du Fort.

Plusieurs brèches sont ouvertes avec de gros dégâts. Les hommes de Montfort avec leurs épées entrent en force dans le Fort. Malgré leur vaillance, trois chevaliers du comte de Foix sont tués et les trois autres sont faits prisonniers afin de servir d'échange avec des prisonniers détenus par le comte de Foix.

Dès qu'elle voit que l'attaque va être décisive pour le Fort, Esclarmonde rassemble femmes et enfants pour les conduire par le souterrain qui part de la tour principale et débouche loin du Fort en pleine campagne.

Après une longue marche dans les terres gelées, où l'on entend les branches des arbres craquer sous le poids du givre, et les corbeaux coasser en bandes dans le ciel gris, le petit groupe arrive près d'une grande bâtisse qui ressemble à une grange à foin. Là, Esclarmonde, "Parfaite", a des amies sûres qui vont s'occuper des rescapées et des enfants.

C'est alors qu'elle apprend que son frère Arnaud est l'un des chevaliers faits prisonniers par Simon de Montfort afin d'être échangé lors de négociations avec Raymond-Roger, comte de Foix.

Après s'être assurée qu'il y a suffisamment de vivres pour nourrir tous ses protégés, Esclarmonde décide de retourner à Pamiers afin d'aider son frère à s'évader du Castella où il est détenu. En chemin, elle repasse près du Fort. Le bâtiment est pillé et en partie démoli. Des larmes coulent sur son visage et un sanglot sort de sa gorge serrée. Cependant, elle est soulagée parce qu'elle a pu, avec courage, aider des femmes et des enfants à rester en vie dans ce Languedoc dévasté par les violences.

Que de bûchers, que de morts pour lutter contre les troupes de Simon de Montfort qui avait pour mission d'éliminer les cathares et de s'emparer par tous les moyens de notre belle Terre d'Oc.

Le Cami dels Bons Homes
(le Chemin des Bonshommes)

par Corinne Toupillier

Inquiets, les Parfaits, étaient réunis dans la grande salle du château autour de la longue table en chêne.

- La situation est grave mes amis. Nous n'allons pas pouvoir tenir bien longtemps. Nous devons penser à mettre les plus faibles à l'abri, commença Xavier.

- Simon de Montfort a juré notre perte, et à l'allure où il va, il finira bien par avoir notre peau, renchérit Guilhem ! Chaque jour, nous apercevons d'épaisses fumées qui s'élèvent vers les cieux et entendons résonner les trompettes du diable[1], témoignant de son passage. Cet homme est un fou sanguinaire. Rien ne l'arrêtera ! Lui et ses hommes sont des brutes ! Regardez ce qu'il a fait à cette pauvre Dame Guiraude ! Il l'a livrée à ses soldats pour qu'ils fassent d'elle ce qu'ils voulaient. Et comme si cela ne suffisait pas, il l'a fait lyncher avant de la jeter dans un puits, et de l'achever à coups de pierres ! Ils l'ont enfouie en dessous malgré ses cris, ses pleurs et ses hurlements… et malgré les protestations de la foule qui appréciait

---

[1] *C'est ainsi que les hérétiques avaient baptisé les cloches des églises catholiques.*

énormément cette femme bonne et charitable ! Et tout ça au nom du Christ !

- Il a aussi fait brûler plusieurs centaines des nôtres sur les bords de l'Agout. Partout où il passe, il sème horreur et désolation. Xavier a raison, nous devons protéger nos familles. Les femmes, les vieillards et les enfants doivent partir, continua Benoît.

- Notre fort est solide, nos murs bien épais et nous avons les routiers qui nous aident à garder le château. Pour l'instant, nous résistons, mais pour combien de temps ? Les paysans nous ravitaillent, mais au péril de leur vie. Ils ne pourront pas continuer indéfiniment.

Pendant que les hommes échafaudaient diverses stratégies afin d'éviter le pire, les femmes s'efforçaient de conserver une ambiance « normale » afin de ne pas inquiéter les enfants. Cornélia les regardait jouer avec leurs osselets ou leurs toupies fouettées, mais le cœur n'y était pas. Allongés devant la lourde porte d'entrée, les mastiffs, protecteurs, veillaient.

Tous pensaient aux atrocités commises par les Croisés. Simon avait voulu faire un exemple pour que les « hérétiques » se rendent. Il avait fait couper le nez et la lèvre supérieure à ses prisonniers puis leur avait fait arracher les yeux, excepté à l'un d'entre eux qu'il avait laissé borgne afin qu'il puisse conduire cet épouvantable cortège et qu'il passe le message aux défenseurs des châteaux qui résistaient encore… Nul ne devait ignorer la manière dont il traitait ceux qui osaient lui résister.

- Le mieux est qu'ils empruntent le sentier qui leur permettra de rejoindre le versant sud des Pyrénées. Ils ne seront en sécurité qu'en Catalogne ou en Andorre, expliqua Robert.

- Oui, ils devront suivre le chemin des bergers et de leurs troupeaux, ajouta Xavier. Nous avons des contacts à Mérens. À partir de là, ils pourront passer. Franchir les cols ne sera pas facile, mais nos amis leur fourniront des bêtes de charge qui sont habituées. Le village en hauteur est bien situé et je pense qu'ils trouveront refuge au château. Au besoin, le père Michel pourra en accueillir quelques-uns dans l'église Saint-Pierre. Les bergers de Mérens sont habitués à partir en transhumance en Catalogne. Les marchands connaissent bien ces parcours eux aussi. Les quatre forges dans les vallées créent, elles aussi, une importante activité. Bien sûr, c'est le travail pastoral qui prédomine, et justement, grâce à lui, Mérens et l'Hospitalet sont étroitement liés. Ils regroupent même leurs forces pour lutter contre les contrebandiers.

- Pendant ce temps, nous défendrons notre château. Nous nous sentirons plus libres en les sachant en sécurité.

Assises devant l'âtre, les femmes – dont quelques-unes avaient reçu le consolamentum et étaient devenues Parfaites - cousaient et filaient la laine, confectionnant vêtements et couvertures en vue de leur départ. Peut-être faudrait-il dormir dans les bois et se cacher. Il risquait de faire froid et elles craignaient pour la santé des enfants.

Certaines protestaient et refusaient de partir. Elles se sentaient tout à fait capables de combattre aux côtés des hommes et trouvaient vexant de devoir quitter les lieux. Il fallait, assurément, protéger les enfants et les vieillards, mais il y en avait parmi elles qui étaient aussi robustes que des hommes ! Voyant que ces derniers émettaient des réserves, elles leur rappelaient que, contrairement à ce qui se passait dans la religion catholique, elles avaient des droits, comme celui de prêcher et d'enseigner. Alors, pourquoi pas celui de se battre ?

- Demain, au crépuscule, vous vous mettrez en route, trancha Xavier.

La nuit qui suivit fut calme, presque trop. Cela n'augurait rien de bon. Ce sournois de Simon de Montfort préparait quelque chose à coup sûr ! Tout le monde restait sur le qui-vive. Les hommes prenaient des tours de garde, la nuit comme le jour, s'attendant à tout instant à subir un traître assaut des croisés.

Le lendemain, tous se réunirent dans la grande salle pour organiser cette expédition. Ils savaient que de nombreux obstacles les attendaient. Il fallait prévoir de l'argent pour payer les taxes aux douanes, surtout sur les routes fréquentées habituellement par les marchands, car c'était un revenu non négligeable pour les seigneurs. Mais surtout, tous devaient se montrer vigilants, face aux brigands, aux écorcheurs, aux coupeurs de bourse… ou de gorge, qui non contents de détrousser, allaient jusqu'à violer ou tuer. Il fallait se méfier de tout le monde, car ces malfaiteurs n'étaient pas tous des vagabonds, parmi eux se trouvaient également des seigneurs qui possédaient des châteaux et des biens. Quant à ceux qui étaient maîtres des cols, ils imposaient de lourds péages à ceux qui les empruntaient, garantissant, soi-disant, leur sécurité.

Après avoir passé ces différents points en revue, ils décidèrent de prier et de demander la protection de Dieu et de tous les saints. Ils entamèrent *l'Oratio Gilde pro itineris et navigii prosperitate*, demandant de voyager en restant sains et saufs.
- Vous partirez en direction d'Asq, leur expliqua Olivier. Vous traverserez la forêt, puis vous prendrez le chemin qui serpente au fond des gorges de l'effroi[2]. Si vous êtes fatigués, vous pourrez trouver asile au château d'Aniort. Othon, lui aussi organise la résistance contre ce bourreau de Montfort. De là, vous rejoindrez Mérens. Puis vous partirez pour l'Andorre ou la Catalogne où des amis vous attendront.

À la tombée de la nuit, tous se mirent en route. Ils descendirent lentement du piton rocheux afin de regagner les gorges de l'effroi par le chemin muletier. La descente était pénible, le terrain rendu glissant par les dernières pluies. La nature y était sauvage, et brute. Les énormes roches surplombaient les gorges encastrées au milieu des parois d'environ 1000 pieds !

---

[2] *Aujourd'hui Gorges de la Frau*

C'était très impressionnant ! Elles portaient bien leur nom.

Toutes sortes de dangers les menaçaient. Il fallait se méfier des bêtes sauvages. Si les marmottes et les blaireaux amusaient les plus jeunes, il y avait tout à craindre des isards ou des sangliers.

Ils devaient aussi rester prudents en marchant dans le lit presque sec d'un simple ru, car il pouvait changer brusquement d'apparence. Ce qui ressemblait au départ à un calme cours d'eau, pouvait devenir bien vite de plus en plus impressionnant, se transformant peu à peu en torrent inquiétant. Le bruit de l'eau résonnait contre les parois avec un bruit angoissant.

Mais pour tous, les pires bêtes féroces étaient bien sûr Simon de Montfort et ses croisés. Ils restaient bien groupés, épiant les moindres bruits suspects. À tout moment, ils s'attendaient à les voir débouler, galopant au milieu des pierres...

Ils s'arrêtèrent pour la nuit dans la forêt. Il faisait froid et les couvertures tissées et tricotées étaient vraiment les bienvenues. Au lever du soleil, ils reprirent la route. Les femmes mettaient en garde les enfants devant les dangers de la nature, comme l'Aconit-tue-loup ou la Belladone, véritables poisons, ou encore les plantes carnivores comme la Drosera, plus connue sous le joli nom de « rosée au soleil ».

Après de longues heures de marche, ils parvinrent au village de Camurac où les familles amies les accueillirent et leur donnèrent de quoi se restaurer. Le château fortifié offrait un abri sûr pour la nuit, même si tous savaient que bientôt les habitants à leur tour devraient fuir pour échapper à la folie meurtrière de Simon de Montfort. Ce fut néanmoins un moment d'accalmie et de partage où ils purent prier ensemble, réunis dans leur foi.

Le lendemain, ils se remirent en route, se mêlant aux troupeaux de vaches ou de brebis qui partaient en transhumance vers la Catalogne. Le son des cloches distrayait les petits et faisait un peu diversion. Le chemin était long et difficile. Ces routes de montagnes n'étaient pas une promenade bucolique. Et si les paysages qui s'offraient à eux étaient magnifiques, ils avaient des préoccupations bien plus importantes que celles d'apprécier le décor ! Ce soir, ils dormiraient sans doute dans des orris, ces cabanes de bergers en pierre. Le temps était lourd, l'orage couvait. Pourvu qu'il ne pleuve pas ! Ensuite, si tout se passait comme prévu et si Dieu leur apportait protection, ils feraient route vers Mérens.

Les jeunes filles se plaignaient d'avoir mal aux jambes, mais essayaient de faire bonne figure pour ne pas s'exposer aux moqueries. Elles s'efforçaient de réconforter les plus jeunes, qu'elles installaient, quand elles le pouvaient, sur le dos des bêtes. Ils marchèrent ainsi pendant de longs et épuisants kilomètres. Les chemins traversaient des plateaux pierreux terriblement accidentés, et nombreux étaient ceux qui chutaient. Les plus valides, femmes et jeunes filles, aidaient les plus âgés et les plus petits. Tous étaient fatigués. Escalader la « montagne n'était vraiment pas une partie de plaisir. Les pentes étaient raides et caillouteuses. Les descentes succédaient aux côtes.

Ils essayaient de s'octroyer de courtes pauses à l'abri des arbres, mais le temps leur était compté. Il fallait mettre de la distance entre eux et les troupes de Simon et gagner au plus vite l'Andorre ou la Catalogne où ils seraient protégés.

Jusqu'à Prades ils traversèrent de vertes prairies[3] et une forêt à l'ombre protectrice. La marche était moins épuisante, mais ce n'était qu'un court répit, car bientôt, il faudrait attaquer l'ascension jusqu'aux cols. L'escalade dans les bosquets de noisetiers s'avéra très pénible.
- C'est trop dur, je n'en peux plus, se plaignait le petit Jean.
Et les autres enfants reprenaient en chœur.
- Oui, c'est difficile, mais c'est la seule solution. Vous préférez être brûlés par les Croisés ? Alors, courage ! Cessez de vous plaindre et avancez, leur intima Anne.

Les pentes étaient ravinées, crevassées, et la progression lente et ardue. Bien sûr, ils s'étaient attendus à des difficultés, mais la fatigue commençait à se faire sentir et le moral flanchait. Les bêtes, elles

---

[3] « *Prata* » *veut dire* « *prairie* » *en latin*

aussi, souffraient. Heureusement, la plupart des femmes refusaient de se laisser aller et priaient à voix haute afin d'encourager les plus faibles :

- *« Père saint, Dieu juste des bons esprits, toi qui jamais ne te trompas, ni ne mentis ni n'erras, ni ne doutas, de peur que nous ne prenions la mort dans le monde du Dieu étranger - puisque nous ne sommes pas de ce monde et que le monde n'est pas de nous -donne-nous à connaître ce que tu connais et à aimer ce que tu aimes.»*

La peur était un excellent moteur, et cet exode était leur seule chance de salut, le seul moyen d'éviter la prison, le bûcher, voire la torture… Les vieilles femmes, bien qu'exténuées, s'employaient à montrer les merveilles de la nature aux enfants, même si le cœur n'y était pas. Il fallait les distraire, occuper leur esprit. Alors, tandis qu'ils grimpaient, elles leur montraient les chenilles et les papillons, les aigles et les vautours…

Arrivés sur les crêtes, après des heures de montée éprouvante, ils se posèrent un moment, mais pas aussi longtemps que les plus épuisés l'auraient souhaité. Il leur était impossible de rester ici, ils étaient trop à découvert. Ils devaient redescendre se cacher pour la nuit dans la forêt de hêtres. En chemin, ils entendirent des voix et les pas de chevaux. Peut-être étaient-ce des bandits cherchant à les détrousser ? Ils devaient être discrets.

- Taisez-vous et restez tranquilles ! Ne faites pas de bruit !

Il fallait faire taire les plus jeunes, ce qui n'était pas facile, et la peur au ventre, se mettre à l'abri. Demain, ils tâcheraient de rejoindre la cité d'Asq, réputée pour ses eaux sulfureuses capables de soigner de nombreux maux, comme la gale ou la lèpre... Si seulement elles pouvaient panser leurs plaies plus profondes...

Bien cachés dans les bois, ils passèrent une nuit relativement calme. Ils avaient organisé des tours de guet, au cas où... mais par chance, il ne se passa rien. C'était une fausse alerte. Du moins, pour ce soir.

À l'aube, ils se mirent en route et finirent par atteindre Asq. Ils payèrent les taxes et entrèrent. C'était une cité fortifiée, bien protégée où ils pourraient rester un peu pour se ressourcer. On disait que les habitants y vivaient bien. Artisans et commerçants occupaient le nord de la ville, tandis que les sabotiers, les tanneurs et les tisserands se regroupaient près des moulins au bord de l'Ariège ou de la Lauze. Les paysans des villes des alentours venaient y vendre leurs produits, faire moudre leur grain ou acheter des outils. Une véritable aubaine pour tous ces « pieds poudreux » !

Les exilés arrivèrent épuisés. Ils furent accueillis au Castel nau par leurs amis. Le château était sous bonne garde. Des soldats armés étaient postés aux endroits stratégiques, guettant eux aussi une éventuelle attaque des croisés. En principe, Simon était loin, mais il était si fourbe... Ils restèrent là deux jours et trois nuits, le temps de reprendre des forces, puis repartirent en direction du village d'Orlu, qui avait été reconstruit après l'avalanche destructrice qui l'avait réduit à néant. Chemin faisant, ils entendirent les hurlements des loups qui n'avaient rien de rassurant. Les petits tremblaient. Mieux valait ne pas s'attarder dans les bois qui entouraient le village. Pourtant, au-dessus, l'étrange Dent d'Orlu semblait les protéger.

Ils reprirent la route en direction de Mérens. De nouveau, ils empruntèrent les chemins des bergers. Ils traversèrent un alpage assez raide avant d'attaquer la descente en lacets vers la ville. Les hêtres et les sapins avaient cédé la place à la bruyère et aux rhododendrons. L'herbe était rase et rare. Bienvenue, une cascade sur le côté leur permit de se désaltérer un peu. Le ciel était menaçant, l'orage semblait proche, mais n'éclatait pas. Après quelques lieues, les nuages se dissipèrent et un timide soleil éclaira leur chemin. La route était longue et fastidieuse, mais enfin se profila au loin le village de Mérens. En amont, de nombreux passages permettaient de rejoindre l'Andorre et la Catalogne. Avant cela, il faudrait encore passer le col de Puymorens qui était bien haut.

Ils grimpèrent péniblement jusqu'au village, mais une fois arrivés, ils se sentirent en sécurité. Bien qu'ils ne fassent aucun commerce, ils durent, une fois de plus, payer les taxes pour rentrer dans la ville. La vallée était peu sûre, mais la haute position du château au lieu-dit Encastel était défensive et rassurante. Le village avait une situation stratégique au confluent des vallées du

Nabre, de l'Ariège et du Mourguillou. Les échanges entre les deux versants des Pyrénées étaient nombreux et les membres des différentes communautés proches. On célébrait d'ailleurs assez fréquemment des mariages entre les deux régions. Les montagnes faisaient davantage office de traits d'union que de murs de séparation.

Comme le leur avait dit Olivier, ils furent accueillis à bras ouverts et hébergés dans ce château discret et relativement inaccessible qui semblait barrer l'entrée du village. Tout autour se trouvaient les maisons des proscrits, des chevaliers dépossédés de leurs terres, de leurs soldats et du personnel. De hautes murailles les protégeaient et des marches taillées dans le rocher, dites « en pas-d'âne » formaient pour les animaux un chemin d'accès. Une vraie communauté de Bonshommes s'y était installée. Les exilés s'y sentirent bien malgré la menace qui planait toujours, et pour laquelle la seule issue restait la fuite. Ici, ils purent faire une nouvelle pause et partager les repas communautaires autour de la bénédiction et du partage du pain selon les rites de l'Église primitive. Une partie d'entre eux fut logée pour la nuit dans l'humble chapelle Saint-Pierre construite en moellons, et située à flanc de coteau. Les diacres faisaient des prédications publiques et administraient le consolamentum qui unit l'âme à l'Esprit saint et assure son salut. Tous n'aspiraient qu'à être de Bons Chrétiens selon les Évangiles et non en suivant le dogme de l'Église catholique romaine qu'ils réfutaient.

Hélas, les meilleures choses ont une fin, et, une fois de plus, ils durent reprendre la route. Les enfants dirent à regret au revoir aux petits chevaux noirs qu'ils avaient rencontrés. Après la descente de Mérens, ils recommencèrent à monter en suivant un sentier raide bordé de noisetiers et de fleurs de montagne, jusqu'au refuge de l'Hospitalet. Puis, après un court arrêt, ils attaquèrent le chemin qui serpente vers le col de Puymorens. Plusieurs passages furent laborieux et beaucoup rechignaient et bougonnaient. Ils continuèrent néanmoins toute la journée. La nuit se fit de plus en plus opaque et ils durent s'arrêter. Ils mirent les enfants et les vieillards à l'abri dans les orris en pierres sèches.

À l'aube, ils repartirent en direction de Portea[4]. Les vieilles femmes en profitèrent pour raconter aux enfants la légende attribuée à l'Hospilalet : « En des temps fort lointains, le chevalier d'Embetg, neveu de Suzanne d'Enveigt, rentrait de Cerdagne lorsqu'il fut pris dans une violente tempête de neige. Transi, gelé, il dut se résigner à tuer son cheval, auquel il arracha les entrailles afin de se mettre au chaud à l'intérieur. Il jura, s'il s'en sortait, de faire construire à cet endroit un hospice pour les voyageurs. Aussitôt, la tempête cessa. Il tint promesse et fit construire ce refuge, dédié à Sainte Suzanne, tenu par des religieux qui, depuis, prêtent assistance aux voyageurs ».

---

[4] *Aujourd'hui Porté-Puymorens*

Arrivés là, ils décidèrent de se séparer. Une partie d'entre eux passerait en Andorre, tandis que les autres rejoindraient la Catalogne.

Les adieux furent difficiles, mais, hélas, l'heure n'était pas à la sensiblerie. Il s'agissait de sauver leur peau. Le premier groupe partit vers l'Andorre, en direction de la vallée du Carol, qui devait son nom au grand rocher sur lequel s'élevait le château[5]. De là, ils espéraient atteindre Encamp ou Santa-Julià de Lòria. Le second se dirigea vers la Catalogne. Dans un premier temps, ils regagneraient Baga, où les comtes de Pinos les protégeraient.

C'est ainsi que, passant montagnes et cols, allant de maison amie en abri précaire, les Bonshommes gagnèrent les terres alliées afin d'échapper à Simon de Montfort. Ils cherchèrent refuge dans les sites les plus discrets et les plus inaccessibles. Hélas ! Dès qu'ils se sentirent un peu à l'abri, leur parvinrent de terribles nouvelles : le château de Roquefixade était tombé aux mains du Croisé, la forteresse de Montségur était assiégée, les morts se comptaient par centaines…

Seule leur inébranlable foi leur permettait d'espérer pouvoir trouver asile ici et s'en sortir. Ils voulaient croire que ce barbare de Simon ne les pourchasserait pas jusque-là…

---

[5] *« Kar» voudrait dire « rocher »*

Héloïse

par Paul Lautier

Ce matin-là, une légère brume recouvrait les collines verdoyantes qui se succédaient à perte de vue en pays de Foix.

Pour Héloïse qui n'était guère aguerrie au froid, ce climat était pire que la pluie dont elle aurait pu se protéger ; une pénétrante impression d'humidité l'enveloppait, transperçait ses vêtements. Tandis que son cheval enfonçait ses lourds sabots dans des flaques boueuses, des éclaboussures aspergeaient de temps à autre le bas de sa robe bleue et or. Montée en amazone, Héloïse savait pourtant afficher un port élégant et souple comme sa noble éducation lui avait enseigné malgré le relief accidenté qui conférait à la démarche de sa monture des à-coups réguliers. Elle tentait pourtant de rimer de ses hanches l'allure, tâchant de laisser de laisser son robuste Bucéphale dans les pas du destrier la précédant. Deux graciles juments isabelle, délicatement peignées, la suivaient également en file disciplinée.

La maigre escorte d'Héloïse était en effet composée d'un fidèle vassal de feu son mari ainsi que de ses suivantes, Marie et Laudine. La présence masculine du guerrier n'était que symbolique mais l'homme d'armes avait tenu à rendre un ultime service honorifique en mémoire à son suzerain disparu. Il aurait certainement donné sa vie, le cas échéant, pour sauvegarder celle d'Héloïse. Il s'était paré de son armure au grand complet pour cet événement particulier et avait fière allure avec son bouclier chamarré aux couleurs de la famille. Marie, quant à elle, retenait difficilement ses larmes, alors que Laudine priait déjà pour le salut éternel de celle qu'elle avait toujours servie.

En l'accompagnant pour un dernier voyage, toutes deux se sentaient presque orphelines. Elles avaient été confiées très jeunes à la maison d'Héloïse et leur univers depuis l'enfance se résumait à l'enceinte du château de Génat ou à ses proches alentours. Cet environnement confiné recelait néanmoins tout ce que de jeunes filles vertueuses pouvaient être autorisées à vivre de joies, de tristesse ou d'espoir. Héloïse avait été bien plus qu'une simple maîtresse, elle avait été la confidente de leurs premiers émois amoureux vis-à-vis des jeunes damoiseaux, leur rigoureuse éducatrice en matière d'enseignement religieux ou profane, leur professeur de chant et de musique, ainsi parfois qu'une partenaire de jeux de plein air, ou d'intérieur au cours des longs mois d'hiver. Dans le quotidien du cercle féminin où elles gravissaient, leur dame non seulement représentait l'idéal auquel elles se dévouaient sans retenue mais faisait aussi office de grande sœur ou de mère attentionnée selon les occasions. Héloïse, elle, tentait de ne pas douter. Elle savait où ce périple la conduisait mais elle ne voulait faillir. Elle se devait de rester impavide malgré l'étendue de ce qu'elle s'apprêtait à perdre à jamais. Bucéphale lui-même semblait presque tout autant affligé de chagrin. Il pataugeait tête baissée dans les cours d'eau ténus que la procession traversait. Lui, naguère si prompt à s'attarder au moindre chardon effleurant sur le bord de la piste, il paraissait ce jour-là infiniment contrit, comme accablé par l'imminence du destin qu'il aurait deviné au bout du chemin.

Aucune parole n'avait été prononcée jusqu'alors ; chacun se recueillait dans le silence et la peine. Tous avançaient vers la destination qui exerçait un irrésistible pouvoir d'attraction sur Héloïse. Ils s'engagèrent à travers une forêt mixte de conifères de feuillus.

- Nous en sortirons d'ici une heure, puis nous apercevrons ensuite sans trop tarder le Pic de Besali. Et là nous serons sur le diocèse d'Urgell, fit Bertrand d'une voix fébrile.

Même un preux de son acabit parvenait à peine à dissimuler son appréhension et semblait impressionné par cette aventure. Héloïse opina de la tête, ce qui parut le rassurer. Si elle faisait montre de confiance, il saurait regagner du courage. C'est Laudine qu'on entendit cette fois ravaler ses sanglots entre ses prières. Héloïse se retourna pour l'apaiser d'un silencieux mais tendre regard maternel. Le sous-bois, loin de représenter un abri le long du trajet, s'avéra en fait plus incommode que les pentes et les côtes peuplées de bosquets chétifs car des gouttelettes glaciales ne cessaient de ruisseler des branches. En ce printemps précoce, les premiers bourgeons commençaient à poindre timidement pour habiller les rameaux dénudés. Une odeur âcre et douce de terre mouillée régnait.

On pouvait écouter quelques oiseaux chanter le renouveau annuel de la nature. Héloïse reconnut notamment le gazouillis strident d'un nuage de mésanges huppées qui passait au-dessus de son équipage. Elle s'autorisa comme pour une brève récréation à lever les yeux mais ne devina que le ciel grisâtre au-dessus des ramures.

Un peu plus loin, un chevreuil solitaire fit une fugace apparition. Elle reconnut immédiatement un mâle au bel âge dont les bois duveteux étaient déjà bien développés. La grâce de sa course la ravit. Elle ne se lassait jamais d'admirer ce genre de spectacle innocent mais réalisa toutefois avec un pincement au cœur que le fait de s'émerveiller ainsi devant de tels simples plaisirs terrestres qui l'avaient naguère tant comblée appartiendrait désormais à une époque révolue.

De même, se souvint-elle alors de ses après-midis devant la grande fenêtre du donjon. Elle était assise sur son banc de pierre qui restait rafraîchissant durant les chaleurs estivales mais devenait brusquement un austère support à la saison opposée. Face à son ouvrage de broderie, elle guettait les arrivées au château. A chaque fois que lui parvenaient des martèlements sourds de chevaux piétinant la vaste clairière, elle se redressait pour tenter de reconnaître le visiteur. Elle avait espéré longuement que son époux lui revînt un jour. Elle l'avait aimé et l'aimait encore, bien qu'elle ait appris officiellement sa disparition tragique. Quel malheur que Dieu le lui ait confisqué ! Mais ils se retrouveront plus tard aux cieux. Héloïse en était persuadée... ou presque. Elle aurait pu vieillir entourée de nombreux amants, voire même élire l'un d'entre eux pour partager plus durablement l'intimité de ses jours en plus de ses nuits. Les prétendants avides de lui adresser un message d'admiration dans un billet plié ne manquaient pas. Héloïse offrait en effet un physique aimable, des formes arrondies. Elle était en chair comme les goûts à l'air du temps portaient à l'être. Sa peau resplendissait de blancheur ingénue, constellée de quelques pigmentations roussâtres. Sa chevelure blonde docilement rassemblée en une longue natte soulignait la douceur de son visage. Oh ! Certes, elle n'avait pas toujours dénié la sensualité discrète et le raffinement du jeu de la séduction, prisé, encouragé par l'époque. Mais son époux disparu, elle le vénérait davantage que de son vivant et tout écart lui aurait dès lors valu à ses yeux d'être gravée de la marque d'une inexpiable infidélité. Cependant ce n'était pas la crainte d'un jugement dernier qui lui conférait cette sagesse ; elle était devenue convaincue et sincèrement résolue à écarter de sa voie la recherche de tous plaisirs charnels et même de toutes fadaises anodines, combien même la fin'amor pouvait-elle être à la mode pour sa génération.

Héloïse quittait ce monde dans lequel elle avait été impliquée, dans lequel elle s'était investie sans réserve. Elle ne le regretterait pas, du moins aspirait-elle à l'entendre ainsi. Elle ne voulait pas se jeter à corps perdu parmi la gent masculine, se retrouver seule face à tous ces mâles dont l'appétence pour ses charmes ou pour son héritage matériel la tourmentaient subitement.

« Pourvu que j'en reste persuadée ! Pourvu que cette absence de remords puisse durer », soupirait-elle inconsciemment. Perdue dans ses pensées, Héloïse ne s'était pas aperçue qu'ils étaient sortis du petit bois. Bertrand paraissait anxieux au milieu d'un terrain découvert, sa tête ne cessait de se tourner de droite et de gauche. Héloïse qui continuait à le suivre ne voyait que l'arrière de son casque rutilant et oscillant à un rythme qui révélait sa sourde inquiétude. Elle distingua ensuite la seconde forêt, beaucoup plus acérée que la première. Le cœur en semblait sombre, étroit. De loin, on devinait une vallée. Au creux de celui-ci émergeait un clocher. La cime encore quelque peu dépouillée des arbres laissait entrevoir la flèche de l'abbaye. Ils y étaient, ils étaient en Andorre.

Héloïse sentit un tressaillement. Elle aperçut rapidement les pierres brutes de l'église flanquée des gargouilles sommairement sculptées. Ces éléments lui devinrent immédiatement familiers et la confortèrent sur ses intentions, levèrent les derniers doutes qu'elle aurait pu avoir.

Elle était déjà chez elle, dans sa future demeure. Parvenue au but, elle allait pouvoir prononcer enfin son vœu de renoncement. Elle avait souhaité se consacrer aux ordres, vivre recluse parmi la douzaine de nonnes qui partageaient leur existence spartiate derrière la lourde porte d'un asile reculé, loin du tumulte de la vie sociale. Elle allait dire adieu à ses robes, à ses coiffes, ainsi qu'aux musiciens et aux compagnons d'armes de son époux. Elle abandonnait totalement la richesse foncière ainsi que l'influent pouvoir domestique absolu dont elle jouissait. Seules Laudine et Marie lui rendraient peut-être encore visite de loin en loin. Mais tel était son désir, sans doute son dernier désir. Cependant cet avenir linéaire en apparence devrait lui apporter tant de compensations et d'élévations spirituelles, du moins le pensait-elle réellement... à force de l'espérer. Et Dieu que sa propre détermination allait lui être nécessaire pour persévérer dans son engagement de foi, que sa volition deviendrait sa force essentielle pour atteindre la sérénité, le dénouement ultime de sa quête aux confins des tentations !

L'Ours

par Louis Chambrin

Au côté d'une troupe, une meute de grands dogues de Bordeaux grondait, leurs cous cerclés de cuir, fermement tenus par des valets inquiets. Droit sur ses étriers, un homme dans la force de l'âge, à la longue chevelure dorée et au visage fin et fier, restait serein. Ses traits solaires, marqués d'yeux couleur malachite, brillaient de cette assurance princière de celui étant d'ores-et-déjà sur la piste du triomphe. Car si la cour du Comte de Foix n'égalait celle de ses suzerains de France et d'Angleterre, l'homme était bien roi sur le sentier de la chasse.

Il esquissa un léger sourire en coin et - s'avançant à l'amble - se plaça à deux pas du malheureux à la poitrine déchirée d'une profonde griffure. Ce dernier venant de rendre l'âme, le Captal venu écouter ses dernières paroles remonta en selle, la mine sombre. Le seigneur flamboyant parla, d'une voix douce qui pourtant portait aussi loin que les traits du jour, en adéquation avec son aura divine.

- Il sera descendu du Pic de la *Portalleta* pour trouver sa pitance, assurément. D'autres informations mon cousin ?

- Les éclaireurs ont été pris au dépourvu, répondit ce dernier d'un air grave, la bête ne leur a laissé aucune chance, elle doit être affamée et prête à tout.

- À la bonne heure, s'exclama le blond Sire - un éclat diamantin saisissant ses iris. La victoire n'en sera que plus ardue. Ne larmoyons point sur ces hommes - compagnons - le royaume des cieux est à eux et je lèverai ma coupe en leur honneur ce soir, *Abantz cabalès* ! »

Il pressa les flancs de son cheval et s'élança dans un galop frénétique.

« Suivons *Febus*, messeigneurs ! » tonna Johan de Grailly.
Il piqua des deux et entra à son tour dans la course, suivi par toute la troupe de chevaliers.
« *Febus Abantz* ! Tue ! Tue !» clamèrent-ils en cœur, les arbalètes à l'épaule et les piques brandies.

La terre se réduisait en des lambeaux de boue sous leurs sabots ferrés. Les écuyers portèrent les cornes à leur bouche, poussant le prédateur à la fuite avec des hurlements de guerre soufflés.
Les chiens, libérés de leurs longes, cavalaient sur la piste en suivant les grandes empreintes griffues, devançant aussi bien les montures que les pisteurs.
Il n'y avait qu'un cavalier pour les gagner de vitesse et laisser toute la chevaleresque compagnie en arrière.

Brillant dans sa tenue de chasse d'or et de gueule, le prince chasseur était imperturbable, telle la flèche aux yeux verts glacés, lâchée pour se ficher dans la chair.

Dans une main gantée de cuir, il serrait un long et noueux épieu de chasse au large fer. Dans l'autre, il tenait avec fermeté les rênes de son palefroi blanc, splendide coursier harnaché de cuir rouge vermillon.

Le noble équidé ressentait la force coulant dans les veines de son maître et - poussé par cette énergie - pas un instant il ne faiblit ou ne rompit la poursuite, ses yeux ovales dardant une hargne vers le bois cachant de ses ailes de feuillages, une épaisse fourrure brune.

Gaston s'obstinait dans la poursuite, tandis que derrière lui ses compagnons l'appelaient :

« Sire, la forêt devient trop dense, ralentissons avant de nous égarer! » « Sire, les veneurs embusqués ont été décimés, la bête nous échappe! ».

« Que le Malin m'emporte si je ne ramène pas la descente de ce géant comme trophée ! » cria-t-il en réponse sans même se retourner. Il s'enfonça au milieu des ombres.

Sa vue n'était plus qu'un étroit couloir de ronces, de broussailles et de branches. Le fouet de ce paysage avait brisé la douceur de ses traits. L'ombre des ramures découpait à la serpe son visage d'archange, alors que son regard transperçait le crépuscule de la forêt.

Il entendait la voix inquiète de Johan, les cris paniqués de ses gens, les chiens frustrés d'avoir perdu la piste. Seul, il persistait.

Depuis combien de temps avait-il chevauché ? Faisait-il nuit ou était-ce l'œuvre de frondaisons de chênes et de châtaigniers ? Le chasseur ne le savait et n'en avait cure. Son regard restait plongé dans la défiante obscurité.

Il ne sentait plus la cadence essoufflée de son pur-sang, ni la secousse de l'arbalète contre sa selle, ou l'épée battant contre sa cuisse. Les tapis de mousses et de feuilles s'épaississaient sous les sabots les martelant.

Au bout du sombre tunnel, un fil argenté parut doucement. La faille s'élargit et l'égaré s'extirpa enfin du bois, découvrant devant lui une vallée pâle, creusée au milieu de montagnes foisonnantes de sapins blancs, de pins et de hêtres.

Le front du seigneur, détendu pendant un temps face à cette vision bucolique, se plissa. Au bout d'une plaine vallonnée à l'herbe ponctuée de géraniums et de chardons bleus et virant vers l'Ouest, une masse noire fuyait vers un flanc de montagne, en quête d'un refuge.

Febus talonna sèchement les flancs au poil humide de son étalon, dévala une pente, longea une rivière puis remonta en direction d'une grotte par laquelle l'ursidé s'était engouffré. La cachette de la créature, une bouche de ténèbres à la roche édentée, défiait quiconque d'entrer pour affronter sa noirceur, cachant ses pièges de concrétions minérales et de nappes d'eau endormies.

Stoppant net sa course, Gaston sauta à terre et de sa selle décrocha l'arbalète du troussequin, tira quatre matras du carquois suspendu au quartier et les glissa à sa ceinture. Enfin, l'épieu bien en main, il grimpa la pente vers le repaire, petit nid d'aigle du maitre des montagnes assiégé.

S'arrêtant à une dizaine de pas de ce sinistre porche - il ficha en terre son épieu et tira la corde de son arbalète jusqu'à la noix, avant d'y placer un des quatre projectiles sur l'arbrier.

Une bise porta le gel des Pyrénées jusque dans ses mèches dorées, comme cherchant à refroidir son ardeur, en vain. Il cala l'arme contre son épaule et pressa la détente.

La corde libérée claqua violemment, tandis que le trait long d'un empan fusa jusqu'au fond de la cavité avec un sifflement, avant de laisser place à un ricochet métallique.

Un grondement résonna comme une trompe de guerre puis se répéta, s'accéléra, comme suivant la foulée d'une charge. L'arbalétrier arma et - tout sourire - décocha une nouvelle fois, laissant l'animal encaisser, dans ce couloir étroit et dégagé, le fer assommant du matras.

Troisième tir. Les sons vociférants se rapprochaient. Une large tête apparue à la lumière du jour, la gueule entrouverte, décidée à user de ses crocs sur l'agresseur.

Quatrième et dernier coup ! Le projectile frappa violemment, mais résistant au choc et fou de rage, le colosse se dressa sur ses membres postérieurs, levant une épaisse patte, toutes griffes dehors.

L'homme arracha son arme d'hast du sol et la tenant à deux mains, l'éleva à hauteur d'épaule. Après une grande inspiration, il chargea et frappa d'un coup sec le corps du carnivore, remontant ensuite la pointe jusqu'au cœur par une forte pression. Ses muscles contractés s'efforcèrent à faire pénétrer la pointe dans les solides chairs. La lame en feuille de sauge se fraya un chemin sanglant, arrêtée seulement par les croisettes. Le géant des montagnes hurla sa douleur, frappa dans le vide, empoté par la blessure fatale.
De l'écume rougeâtre dégoulina de sa gueule. Un râle retentit des pointes enneigées jusqu'aux entrailles de la terre. L'ours s'affala lourdement.
Le vent chanta une mélopée glaciale, tandis que le jour commençait sa lente déclinaison.

Poisseux de sang et de sueur, le guerrier laissa son esprit errer, comme son corps avait puisé presque toutes ses forces dans l'affrontement.
Ses yeux dérivèrent sur les rivières et les arbres étendus devant lui. Tout n'était que paix, calme et harmonie et lui seul assistait - triomphant - à ce décor prélassé. La sensation d'une présence inhabituelle vint perturber sa contemplation d'homme épuisé.
Il se tourna brusquement vers la tanière inquiétante. Une vieille femme en haillons et fourrures en sortait, tendant ses mains pour palper la dépouille aux poils souillés de sang. Une force émanait de son regard bleu

fixe et glacial, de ses rides rocailleuses et de ses cheveux rappelant la terre humide de l'automne.

Face à cette apparition, Gaston se tendit. Aussi c'est d'une voix blanche qu'il parla :

- Soyez sans peur bonne mère, vous n'avez rien à craindre. Il est bel et bien occis.

- Je n'avais nullement peur », répondit-elle, nonchalante. Elle s'agenouilla près du feu roi des montagnes et caressa sa tête massive, comme cajolant un grand blessé endormi.

Perplexe, le noble reprit de l'aplomb et poursuivit :

« Depuis combien de temps étiez-vous piégée de cette prison ma Dame? Elle gloussa, mais seule de la tristesse perçait dans sa voix.

- Je n'étais aucunement prisonnière, jeune Damoiseau, il n'y avait que toi pour te sentir en danger ». Piqué au vif, celui qui venait de pourfendre ce qui aurait nécessité plusieurs lances s'empourpra :

« Par Dieu vieillarde et le respect dû à ton seigneur ? La femme ricana.

- Gaston troisième du nom, comte de Foix, vicomte de *Marsâ*, Viguier d'*Andorra* et prince de *Biarn*, dis-moi, qui penses-tu être en ce monde ? Gaston crispa la mâchoire et - reprenant de sa stature - répondit avec hauteur :

- *Febus* ! Maître des chasseurs, prince des poètes ! Champion parmi les champions ! J'ai triomphé des *Anglois*, d'Armagnac et de Bercy, ai écrasé les païens de *Borussia* et les Jacques à Meaux. Le Prince Noir comme le Dauphin me craignent et me respectent, je me joue d'eux en tout instant et gagne en puissance tandis qu'ils s'épuisent dans leurs batailles. Bêtes et Hommes sont mes proies et mes sujets tandis que l'astre d'Apollon me salue de son zénith lorsque je sonne de la corne au-dessus de ces contrées ! » Il balaya de sa main l'horizon hérissé de roches enneigées, comme pour affirmer ses dires.

Le silence se fit. La dame de la grotte se leva lentement, non sans avoir apposé une dernière fois une main maternelle contre une oreille pelucheuse à jamais sourde. Le dos bien droit, les bras maigrelets levés et les poings menus serrés, sa voix d'abord chevrotante, mua et sonna comme un glas de bronze.

« Prince arrogant ! Tant de force mais aussi tant de folie dans tes paroles ! La vie comme la mort semblent n'être que de simples dés au creux de ton gant. » Des bourrasques aiguisées surgirent de derrières les sommets toisant des Pyrénées. « Écoute les mots d'*Artahe*, chevalier fol, écoute ! » Des nuages sombres se massaient autour des pics. « J'aurais pu te pardonner le meurtre d'un de mes enfants, mais l'ombre de tes lances a déjà trop sévi en ce monde. Tu auras toujours grimpé vers les sommets en marchant sur des cadavres, aussi entends ce châtiment : Il suffira d'une poignée de poussière pour te faire chuter dans ta course, seigneur soleil ! ».

Le tonnerre craqua dans les cieux. Une pluie battante noya les deux silhouettes. L'une d'elle - possédée par la rage - se précipita sur l'autre et la bouscula avant de fuir dans les bois à bride abattue, la terreur dans son regard sinople.

Quelques mois plus tard, le comte rentra à Orthez. Alors qu'il passait le pont-levis à cheval, une voix atterrée troubla sa méditation. « Monseigneur ! Votre fils a été surpris versant une poudre dans le vin qui vous était destiné. » Le seigneur solaire resta muet pendant un temps. « Une poudre ? » Articula-t-il.

- Oui monseigneur, une poudre blanche, semblable à de la poussière de cailloux. Nous avons fait lécher le vin à un chien, il a été foudroyé net.»

Le vacarme d'une pluie torrentielle vint brouiller sa raison. Il mit pied à terre.
Il dégaina lentement son épée et marcha d'un pas décidé à l'encontre de son héritier. Il n'avait pas même un regard pour les hommes qui cherchaient à le tenir, alors que brillait une rage folle - lâchée telle une flèche - dans ses yeux verts glacés.

Tours du château de Foix (photo Robert Laborie)

Jour de colère

par Jean-Baptiste Figus

Un homme en habit rouge fait les cent pas de la cheminée à la table, ses cheveux blancs aux reflets blonds flottant au-dessus de ses larges épaules. Les muscles saillent de ses jambes galbées, enserrées dans des hauts-de-chausses. Il serre le poing et finit par asséner un coup violent sur l'épais tablier de bois posé sur de lourds tréteaux, faisant valser quelques fruits. Une pomme roule le long de la table, qu'il saisit au passage en plantant un petit couteau dans la pulpe juteuse.

- Félonie ! rugit-il. Tout ceci n'est que félonie !

Cet homme qui enrage, devant un valet resté coi et quiet, à quelque distance de son maître, c'est Gaston III dit Phébus, comte de Foix et vicomte de Béarn. Il a chaud en ce jour d'été 1380, mais s'il étouffe, c'est de rage. Il n'a pas décoléré depuis la veille, depuis la mort d'un de ses lévriers à qui il a fait boire le contenu de la fiole ramenée de la cour du roi de Navarre, Charles II le Mauvais, et que portait son propre et unique fils légitime, le jeune Gaston. Il ne faisait aucun doute que le poison lui était destiné. Cela avait été reconnu. Et Phébus ne croit toujours pas à l'excuse qu'avait alors avancée son fils. Qu'un damoiseau de seize ans, déjà marié, ait pu croire à un sortilège de filtre d'amour, qu'il ait pu imaginer que le breuvage eût ravivé l'amour de son père pour sa mère, Agnès de Navarre, cette femme qu'il avait chassée de sa vie en faisant fi des bonnes manières et des coutumes observées, sans ménagement, et qui était retournée chez son frère le Mauvais, cela ne pouvait être vrai ! Cela n'était pas vrai! Le jeune Gaston avait improvisé pour éviter son châtiment.

Le comte de Foix se reproche désormais d'avoir laissé son fils voir sa mère et subir son influence ainsi que celle du Mauvais. Pourtant, il fut un temps où Charles et Phébus s'entendaient bien et œuvraient en bonne intelligence. Mais ce temps est révolu depuis l'humiliation de la répudiation. Et que penser de ce fils, toujours prompt à se plaindre de la rudesse de son père? Il n'avait pas hésité à le faire enfermer dans le cul de basse fosse, sous le donjon attenant, par la face ouest, au logis seigneurial de son redoutable château Moncade à Orthez.

Un peu apaisé par la pensée de le tenir enfermé, Gaston Phébus se rassoit. Il entreprend de peler son fruit et d'en découper des quartiers qu'il met dans sa bouche carnassière où la saveur du vin et de la volaille giboyeuse ne s'est pas encore estompée. Puis il se cure les ongles avec la pointe du coutelet. Mais c'est alors qu'un homme d'armes est annoncé par son valet. Ce soldat qui réside d'ordinaire dans la salle des gardes du premier étage du donjon se relaie avec un de ses congénères pour garder le jeune Gaston.

- Qu'y a-t-il ? aboie Phébus en dardant son regard sur son homme comme s'il s'agit d'un trait d'arbalète.

Le garde explique que le jeune Gaston refuse toujours de s'alimenter et qu'il vient de repousser sa nourriture avec dédain. Le visage de Phébus s'empourpre. Il lève les yeux sur son blason au-dessous duquel est écrit sa terrible devise *Toquey si gause* (Touches-y si tu oses). Comment le rejeton de sa race ose-t-il refuser les mets que lui offre son père ? Comment pourrait-il souffrir un tel affront ? En un tout autre contexte, Phébus aurait été fier de l'arrogance de son fils, lui qui se montra si orgueilleux et sourcilleux lorsqu'il s'est agi de rendre hommage aux rois de France et d'Angleterre, à l'image des ducs de Bretagne. Mais lorsque cette arrogance est à présent tournée contre lui, il la reçoit comme une ultime offense. Il se redresse, abandonne le trognon de sa pomme qu'il jette aux pieds du valet en un geste colérique, grogne comme un taureau et s'exclame :

- A la parfin, je me fais fort de faire obéir ce damelot ! Il ne sera pas dit que j'affame l'infâme ! Place ! Je descends. Apportez la bonne pitance. Il fera francherepue.

Précédé de son homme d'armes et suivi du valet, Gaston Phébus emprunte le passage couvert d'une galerie menant du logis au donjon. Il descend avec vélocité les marches d'un escalier rampant longeant le bâtiment et déjà les murs épais de la tour heptagonale résonnent de sa voix. Il râle, menace, jure et plus il s'approche de son fils, plus il enrage. Il passe le corps des gardes et s'engouffre dans la fraîcheur du rez-de-chaussée, éclairé par de larges et hautes fenêtres rappelant de grandes archères percées dans les courtines. A présent son pas est lourd, pesant sur les degrés de bois qui conduisent au cul de basse-fosse. Il passe devant la salle où s'entasse son trésor personnel et notamment une caisse de florins, s'arc-boute pour franchir le seuil où est tenu prisonnier son fils et, majestueux quinquagénaire, serrant le poing gauche et la main droite tenant le coutelet avec lequel il s'était, quelques minutes auparavant, curé les ongles, il fait face au damoiseau.

Tout d'abord, aucun mot ne franchit le pont-levis de sa bouche, tant la vision du jeune Gaston, regimbant tel un mauvais roncin, l'exaspère. La vue de la nourriture tenue à distance et l'attitude obstinée de son fils augmentent son courroux. Il s'approche du jeune homme, l'empoigne par la nuque et menace de lui trancher la gorge s'il ne mange pas. Comme l'autre n'ose ouvrir le bec que pour émettre quelques gémissements plaintifs, Gaston Phébus resserre son étreinte.

- Ah ! Félon ! Tu ne vas pas te laisser mourir comme ça ! Je vais t'enfoncer au fond du gargamel la pitance que tu feras passer par bonne vinasse gouleyante !

Tous les gens présents se sont accoisés et observent la scène, soucieux. Gaston Phébus appuie la lame sur la gorge de son fils et l'on craint qu'il lui baille un coup fatal. Mais il n'en est rien. Le père se contente de piquer la chair tendre du damoiseau pour en faire couler un filet de sang. Il ne cesse de protester que son fils ne sera pas occis par malefaim.

Puis, laissant là son rejeton, il quitte précipitamment les basses-fausses, le front couvert de sueur.

Quelque temps plus tard, on vient lui annoncer que le jeune Gaston ne s'est pas relevé et, ayant perdu beaucoup de sang, a succombé à sa blessure. Gaston Phébus blêmit. D'une voix lasse, il ordonne de remonter le corps en son logis avant de le confier aux clercs. Devant la dépouille inerte de son fils, Phébus pleure en joignant les mains.

Certes l'accident a été le fruit de son tempérament emporté mais au moins lui fera-t-on concession de ce qu'il voulût empêcher que son fils ne succombe par son refus de ripailler. Or, le sort en a décidé autrement...

Le secrétaire particulier de Gaston Phébus, le sieur Bernard de Luntz a interrompu son registre de notaire général de Béarn le jour du 16 juillet 1380 pour ne le reprendre que le 17 août. Le comte de Foix a abandonné sa résidence d'Orthez pour un autre château. Il s'adonne à l'écriture avec une profonde application. Il y confesse sa faute, regrettant sincèrement de s'être emporté. Mais il songe aussi au plaisir qu'il prit, dans sa grande furie, à trancher la gorge de ce fils félon qui voulait même lui ôter la décision de la manière dont il devait le châtier.

Le petit forgeron
par Serge Farragut

C'est dans notre beau pays de France que cette histoire se passe. Au pied des Pyrénées, dans un petit village niché au creux d'une riante vallée du Comté de Foix, vivait un petit forgeron. Il s'appelait Jean et il était l'ouvrier de son père, Pierre, qui, de l'avis de tous était le meilleur fèvre du pays. Pierre et Jean, depuis longtemps, frappaient ensemble le même fer, suaient au même feu et avaient tous les deux l'amour du travail bien fait. Pierre avait appris à Jean, dès sa sortie de l'enfance, les premiers rudiments de son métier. Il lui avait tenu la main pour guider ses premiers coups et avec patience lui avait enseigné toute sa science. Pierre et Jean ne faisaient maintenant plus qu'un. L'affaire marchait bien et, malgré la rudesse de l'époque, père et fils vivaient bien. Tout aurait pu rester ainsi, mais…

Jean venait de fêter ses vingt-cinq printemps quand son père mourut de façon subite, sans doute usé prématurément par son dur labeur. Le fils pleura le père. Mais après le temps des larmes il fallut bien que Jean se remit au travail et c'est ainsi que, seul cette fois, il ralluma le feu de la forge. Les premiers jours il cherchait des yeux son père, il guettait sa respiration bruyante et était étonné de ne pas entendre les grognements rauques qui accompagnaient ses coups de marteau. Puis, le temps passant et fort des enseignements de son père, il prit l'envergure d'un vrai maître de forge.

Jean, de l'aube au crépuscule, tapait sur l'enclume avec son lourd marteau faisant jaillir des gerbes d'étincelles qui montaient avec les fumées âcres au ciel de son atelier. Le feu sans cesse alimenté et attisé brûlait fort. L'air chargé d'âpres vapeurs brûlait les poumons du forgeron et la chaleur et l'effort faisaient luire ses bras de sueur. Dur métier que le sien ! Petit à petit, à force de courage, le petit forgeron acquit une bonne réputation et même une certaine renommée. Sa renommée dépassa vite les limites du comté.

Un matin de printemps, alors qu'il travaillait déjà depuis longtemps, Jean vit arriver dans son atelier un jeune seigneur qu'il n'avait encore jamais vu. Chose étonnante, ce jeune homme n'était accompagné d'aucun ami ni même d'aucun serviteur. Grand de taille, mince de corps, ses vêtements élégants laissaient tout de même deviner une musculature entrainée par l'exercice. Son beau visage aux traits fiers était éclairé d'un léger sourire. Il ne se présenta pas et dit simplement :
- Je viens du Béarn où, même si loin, la perfection de ton travail est connue. Pour quelque temps et pour des affaires que je n'ai pas à détailler, je suis l'hôte de Fébus et je profite du temps que j'ai à

séjourner dans ce pays pour venir voir si tu pourrais forger pour moi une armure.

Jean avait bien, de temps en temps, réparé quelques heaumes tordus et forgé des bassinets mais jamais encore il n'avait eu en commande une armure entière. Le petit forgeron ne fut pas long à réfléchir et le moment de surprise passé accepta le défi. Il se mit d'accord avec le jeune noble sur la prise des mesures, les essayages et la date à laquelle l'armure devrait être prête.

Trois mois. Il fallut trois mois à Jean pour réaliser ce qui, en toute sincérité, était une merveille. Quand le jeune seigneur, cette fois-ci accompagné de deux serviteurs, prit livraison de son armure il ne put cacher son admiration. Ce qu'il avait sous les yeux était une œuvre d'art. Il félicita Jean et régla le montant de sa commande au-delà du prix convenu.

Cette première armure fut le début d'une aventure. Le bouche à oreille fonctionna et les commandes affluèrent. Tant et si bien que Jean dut agrandir sa forge et embaucher des ouvriers. Mais, dans la forge agrandie, Jean conserva pour lui l'atelier de son père. Avait-il déjà une idée derrière la tête ? Toujours est-il que Jean travaillait à son ancien feu et n'acceptait autour de celui-ci la présence de personne. Peut-être continuait-il ainsi à faire vivre son père.

La noblesse se pressait aux portes des forges de Pyrène, car c'est ainsi que Jean avait baptisé sa nouvelle affaire. Pyrène et Pyrénées... Pyrène et la beauté des légendes... Pyrénées et la majesté de la montagne...

A côtoyer ainsi nobles et chevaliers, Jean se prit à rêver. Il se mit à rêver qu'il pouvait être chevalier. Il rêvait de batailles, d'honneur et de gloire. Lui, si petit, si humble, s'imaginait dans une carapace de fer. Il se voyait, le genou à terre, recevoir la collée de l'adoubement. Il s'imaginait brandissant l'épée pour défendre la veuve et l'orphelin. Quand les rêves restent des rêves ils sont des amis qui accompagnent les nuits, mais quand ils sont présents tout le temps ils deviennent obsédants. Jean le savait mais il ne pouvait mettre un frein à l'emballement de son imagination. Alors Jean eut une idée. Pour apaiser le feu qui le dévorait il décida de forger une armure pour lui. Quel mal y avait-il à rendre une part de son rêve réel ?

Le soir, après avoir fini sa rude journée, il entreprit de réaliser le projet qui emplissait son esprit. Dormant le minimum, mangeant à la va-vite un peu de lard et un quignon, jour après jour, il se mit à mesurer, à dessiner, à imaginer, à créer la plus belle des armures. Dans le village, le bruit de son marteau qui tapait l'enclume résonnait toutes les nuits faisant dire aux habitants : Notre fèvre est devenu fou ! Que peut-il donc faire pour travailler ainsi alors que les ténèbres recouvrent le pays ? Mais, indifférent aux rumeurs, le forgeron tapait, tapait et tapait encore, écrasant, étirant, pliant le fer fumant. Coup après coup, dans ses mains expertes le fer prenait forme. Le temps que cela dura ne peut être vraiment défini mais il s'étira sur plusieurs saisons.

Tout au fond de l'atelier, dans le coin le plus sombre, à l'abri des regards, Jean le rêveur avait installé une sorte de squelette en bois où les plates une à une étaient montées et assemblées avec soin : dossière, épaulières, cuissards, jambières, cubitières, gantelets… Un homme de fer se dressait maintenant et brillait faiblement aux lueurs rougeoyantes du brasier. Un homme de fer sans tête… Mais Jean travaillait encore alors que dans deux heures le jour allait pointer. Que faisait-il ainsi penché sur l'établi, presque sans bouger ? Il mettait la dernière main au rivetage et au réglage de la visière du bassinet. Au bout de la nuit, harassé, Jean mit enfin le heaume en place sur les épaules de fer. L'homme était complet.

Et alors là… Une joie immense souleva Jean et l'emporta jusqu'à des sommets inaccessibles. Nul ne peut décrire ce qu'il se passa alors. Ce fut pour Jean une suite de cris étouffés, de courses bondissantes, de sauts, de mises à genoux, de prières, de danses païennes, de mains tendues vers le ciel pour finir par une prosternation et une adoration d'un presque dieu de fer. Ce ne fut que quand il entendit le premier ouvrier arriver que Jean revint sur terre. Il jeta à la hâte un drap sur l'œuvre de sa vie.

La vie reprit son cours.

Malgré les commandes de plus en plus nombreuses, Jean trouva quand même le temps de tomber amoureux. Jean s'était épris d'une jeune et jolie bergère et la bergère mourait d'amour pour Jean. Francette était le prénom de la belle. Aux premiers jours du printemps Francette et Jean se marièrent.

Dans leur petite maison, Francette fredonnait toute la journée en attendant que son mari, le soir tombé, la rejoigne. Un sourire, un tendre baiser, des mots doux, la joie d'être ensemble : Ils étaient heureux.

Mais parfois, la nuit, Jean doucement se levait. Sans bruit pour ne pas réveiller Francette, à la lumière tremblotante d'une bougie, il sortait de la maison et se dirigeait vers son atelier. Jean rêvait toujours. De temps en temps, il ne pouvait s'empêcher d'aller voir une autre belle : sa belle de fer. L'armure, car c'est bien elle qu'il allait voir, était depuis son mariage enfermée à double tour de clef dans un placard secret de son coin de forge.

La carapace de fer était son secret et nul jamais ne la verrait. Elle était à lui, à lui seul ! Pour la fabriquer il y avait mis tout son cœur, toute sa science et toute son âme. Il avait souffert des morsures du feu, respiré l'air de l'enfer, transpiré plus que toute l'humanité réunie. Il avait eu soif et faim et sommeil. Il avait donné pour elle beaucoup de beaux jours de sa jeunesse et souvent gémi sous les douleurs aigues qui torturaient ses reins.

Il avait payé le prix pour que son œuvre reste son jardin secret dans lequel, suivant ses envies il pouvait se promener avec pour seule compagnie la musique de ses rêves.

Jean, cette nuit, comme bien d'autres nuits avant, ouvrit la vieille porte qui cachait l'armure. La lueur dansante de la chandelle fit entrevoir les beautés de la belle. Merveille ! La lueur était faible, elle suggérait plus qu'elle ne dévoilait et c'est justement pour cela que la magie en était augmentée. Merveille des merveilles ! L'armure, comme pour dire merci de la visite, se mit à briller de doux feux et à se dissimuler un peu dans les plis d'ombres profondes. Elle voulait bien se montrer mais pas trop - Sans doute une part de pudeur qui l'empêchait de jeter à la face du visiteur toute l'étendue de ses beautés. - Une œuvre d'art ! Un tableau de maître ! Le fer bien lisse donnait avec douceur un peu de lumière aux ciselures délicates qui ornaient chaque plate, révélant ainsi la grandeur de l'artiste créateur. Les ombres faisaient surgir les lumières et les lumières rendaient les ombres plus mystérieuses. Grandiose création née des doigts d'un génie !

Jean posa la chandelle et s'assit sur un tabouret à trois pieds, face à son œuvre. Ses yeux caressaient l'armure et son esprit semblait parti. Jean était sans doute bien loin de chez lui. Dans l'éclat que jetaient les polis il voyait les valeurs du preux : le courage, l'honneur et peut-être aussi les lumières de la gloire.

Jean avait repris le chemin de ses rêves... Pour la énième nuit le manant était chevalier.

Mais, ce soir, Jean n'était pas seul. Dans l'ombre de l'entrée, Francette regardait son mari. Elle était là depuis longtemps. Silencieuse, ses yeux avaient été de l'armure à Jean et de Jean à l'armure pour finalement se fixer sur Jean. Elle avait toujours su que son mari désertait parfois le lit pour sortir à pas de loup dans la nuit. Elle avait toujours senti que les escapades nocturnes de Jean n'avaient rien à voir avec une quelconque inconduite. Elle aimait Jean et avait confiance en lui. Mais, cette nuit-là, elle avait fini par céder à sa curiosité si souvent aiguillonnée et elle l'avait suivi. Pas besoin de discours : Elle avait compris. Un léger sourire était posé sur ses lèvres et son beau visage chantait l'amour. Sans bouger de l'endroit où elle était, elle dit d'une voix douce :

- Bonjour chevalier.

Jean fut si surpris qu'il manqua tomber du tabouret. Et toujours sans bouger de son coin d'ombre, Francette ajouta :

- Il serait malséant chevalier de choir devant votre dame. Venez plutôt me rejoindre dans notre chambre pour me conter votre histoire. Je sens que vous allez m'amener vers d'autres lieux, d'autres rivages. Ne vous alarmez pas chevalier, sachez que j'aime les voyages.

Sur ces mots, Francette se retira, laissant Jean sidéré de s'être fait ainsi surprendre. Surpris par l'inattendu de la situation, surpris par la douceur des mots de Francette, surpris par l'humour et l'amour qu'ils contenaient, Jean comprit enfin où était la vérité. L'armure serait donc maintenant un secret qu'il partagerait avec sa douce amie. Tout bien réfléchi, ce qui venait d'arriver n'était pas un drame car, il venait de s'en rendre compte, ses rêves étaient impossibles et ils étaient même devenus, avec le temps, un peu encombrants. En effet, et là aussi il le voyait à peine maintenant, point n'est besoin d'armure pour prouver sa valeur. Un cœur bon peut, dans une vie simple, porter haut les valeurs chevaleresques. L'apparence est un leurre dont les valeurs se moquent.

Jean sourit et, après un dernier regard, referma la porte qui cachait sa belle de fer. Il prit la chandelle dont il ne restait plus grand-chose et se dirigea vers sa maison.

D'un pas assuré il retournait vers sa vie.

Dessin de Christophe Farragut (Chris le Farfadet)
(initiales FC entrelacées en oblique)

La pointe de flèche

(fin du XXème siècle)
par Jean Corbeyre

Le soleil a commencé de descendre vers l'ouest et atteindra bientôt la crête de la Serre. Mais il fait encore bon en cet après-midi d'hiver, les heures de vacances sont précieuses et Guilhem poursuit son investigation. Ce replat de terrain abritait autrefois, gardés par Roche-Ronde où était le refuge, des hommes et leurs familles. Aujourd'hui le village a migré vers les pentes inférieures, plus près de la route qui longe la Courbière. Rabat les Trois Seigneurs, Rabat les deux clochers, s'endort doucement avec le millénaire et son passé glorieux s'estompe peu à peu de la mémoire du lieu.

Dans ses lectures, Guilhem a découvert quelques bribes de l'histoire locale et laisse ses pensées courir par les montagnes. Il imagine le temps et remonte son cours tel un pêcheur qui, traquant la truite fario, parcourt les rives d'un torrent. Tout à coup, se penchant sur une taupinière, son œil est attiré par la forme singulière d'un objet, d'un caillou. Féru d'histoire et d'archéologie, l'adolescent sait que la taupe fouit le sol assez profondément, souvent à plus de cinquante centimètres de la surface, et que dans ses déblais elle exhume des vestiges anciens. Il se penche et ramasse l'objet ; sortant son Opinel, il en gratte la gangue de terre ; sous la lame d'acier ressurgit à l'instant une poussière du temps. C'est du fer très rouillé. Avec précaution Guilhem dégage le morceau de métal et, peu à peu, apparait - le doute n'est pas possible - une pointe de flèche. Triangle de métal dont la douille est rongée, ce fragment de l'histoire évoque les temps anciens. Son possesseur lui confiait son dîner ou sa vie selon les circonstances et là, perdu en quelque tir, ce témoin est resté avec humilité, attendant que le temps le réduise au néant. Un petit animal vêtu de velours noir l'a retiré du sol, un garçon de treize ans l'examine et rêve. Une poussière de rouille macule ses mains, cette flèche est magique.

Forgée dans le secret des entrailles de la terre, alors que les seigneurs maures dominaient la vallée il y a bien longtemps, elle fut faite du fer qui venait du Rancié par un homme de fer qui forgeait en chantant. La forge était cachée dans les bois de Sérièges et fabriquait, à l'insu des occupants, les armes qui, le temps venu, aux mains des montagnards, sauraient les reconduire au-delà des monts d'où ils étaient venus. Pierre le forgeron l'a remise l'autre soir dans la grotte des Incantats à Jordan le berger. Brillante, tranchante et acérée, elle a rejoint, montée sur une tige de coudrier et empennée de la plus belle plume, le carquois du pâtre. Celui-ci a déjà eu maille à partir avec les soudards de Sanche, le seigneur maure. Depuis, il s'est juré de leur faire face et de faire respecter son droit. Il a monté ses flèches « à homme », pointe croisée avec l'empenne.

Le soir tombe, les sinistres murailles de Miramont rougissent sous les derniers rayons du soleil et Jordan s'apprête à rentrer ses ouailles quand un cri retentit aux lisières du village. Cri de détresse, cri de souffrance, le berger se saisit de son arc et, confiant son troupeau à ses chiens, s'élance vers ce cri. En un éclair, il voit la scène qui se déroule à moins d'un quart de lieue. Quelque soudard est venu rançonner comme à l'accoutumée, cette fois c'en est trop ! En quelques minutes, Jordan arrive en vue du village. Sanche est là, à cheval, revêtu de son camail et l'épée au fourreau ; il assiste à la scène. Deux séides ont tiré la vieille Maria de sa chaumière et mettent à sac celle-ci. Quelques habitants se sont attroupés et grognent sans intervenir, Sanche rit à gorge déployée. Tout à coup, venant du hameau de Countrac, surgit Jean le bûcheron, sa cognée à la main. Ecartant les peureux, il affronte les maures. Moins vaillants face à lui, ils hésitent et regardent leur chef. Tirant son cimeterre, Sanche ricane, il va donner l'exemple à ce troupeau bêlant. Ses soldats l'imitent aussitôt et reprennent courage, trois contre un cela leur va. Plus rapide, la cognée de Jean a déjà fendu l'air et, le crâne enfoncé, le premier téméraire s'écroule sur le seuil de la chaumière. Mais la hache est brisée, son manche s'est rompu. Sanche lève son arme, il pousse son destrier et attaque. Un sifflement traverse l'espace, Sanche s'affaisse et roule à terre, l'empenne de la flèche sort encore de la cotte à la place du cœur. A cent pas, Jordan arme à nouveau son arc, il n'aura pas à tirer car les villageois viennent de se ruer sur le dernier soldat.

Un nouveau cri, plus net cette fois, est répercuté par l'écho : « Guilhem… ! ». A son père qui s'approche, l'adolescent montre la pointe de flèche mais ne pourra lui montrer le voyage dans le temps qu'il vient de vivre. L'ombre monte dans la vallée, oui il est temps de rentrer.

Note : Les ruines du château de Miramont sont situées sur une crête rocheuse entre les communes de Rabat-les-trois-seigneurs et de Saurat. Le château a été rasé, mais ses terrasses de soutènement subsistent sur la roche bombée qui lui servait d'assise appelée par certains habitants des environs "la roche ronde".